LE TRIOMPHE

DES

MELOPHILETES;

IDYLLE EN MUSIQUE.

DEDIÉE

A SON ALTESSE SERENISSIME

MONSEIGNEUR

LE PRINCE DE CONTY.

Par M^r. BOURET, *L. G. D. G.*

A PARIS,

M. DCC. XXV.

Avec Approbation, & Permission.

A

SON ALTESSE SERENISSIME

MONSEIGNEUR

LE PRINCE DE CONTY.

OY que Minerve occupe en l'absence de
      Mars,
PRINCE, dont le goût sûr & les vives
      lumieres
Sçavent mettre à profit pour l'honneur des beaux Arts,
    Le repos des Vertus Guerrieres.
Plus que de nos respects objet de notre amour,
    Toy, dont l'aimable caractere,
Conserve sur nos cœurs un droit hereditaire ;
Digne Sang du Heros à qui tu dois le jour.
    Apprens & pardonne une audace,
    Qu'a fait naître en moi ta bonté ;
    La plus haute temerité,
    Est la plus commune au Parnasse.

                       A

Charmé des Progrès fortunés
Que fait sous tes yeux la Musique,
Pour ses amans passionnés,
J'entreprens un essai Lyrique ;
Et sur un foible chalumeau,
J'ose chanter leur triomphe nouveau.
Passe encore ; mais voici le trait inexcusable. .
Long-tems de ton mérite admirateur secret,
PRINCE, je m'imposois un silence discret ;
Attendant pour le rompre un instant favorable,
J'ai crû l'avoir trouvé ; mon zele séducteur
Embrasse avidement un prétexte flateur.
      Pour s'affranchir de sa contrainte,
D'un Eloge étranger mon cœur à sçû couvrir
L'Eloge qu'enchaînoient le respect & la crainte :
Hommage déguisé que je songe à t'offrir.
      Quelle audace que cette offrande ?
Mais loin de s'y borner, l'Eleve d'Apollon,
La veut justifier par une autre plus grande,
En la mettant à l'abri de ton Nom.
      Ma Muse avec ce stratagême,
      Pense acquerir plus finement
      Le droit de te loüer toi-même,
      Et de te loüer impunément.
Illusion frivole & bientôt démentie !
      Quel est l'orgüeil de mon projet ?
Pour qui loüe, est-ce assez du plus riche sujet,
      Si sa plume n'est assortie

De ces traits fins & délicats,
Qui même ne revoltent pas
La plus severe modestie ?
Novice en ce grand Art, ce seroit abuser
Du droit que j'ai de tout oser.
Satisfait d'obtenir pour mes premiers hommages,
Un de tes caressans regards,
Inestimable prix des plus nobles Ouvrages,
Ma Lyre s'interdit d'audacieux écarts.
Oüy, PRINCE, en ses desseins plus sagement guidée,
Tout son essor sera borné
A cet Eloge détourné,
Dont un Concert brillant m'ouvre l'heureuse idée.
Je chante l'Harmonie & ses Adorateurs,
Pour mieux les celebrer j'interesse à leur gloire,
Les Dieux & les savantes Sœurs,
Le Parnasse, le Ciel, consacrent leur memoire,
Par un concours de suffrages flateurs ;
Mais foible idée ! inutile entreprise !
Pourquoi leur mandier des honneurs fabuleux ?
Vainement mon respect, l'enfante & l'autorise,
PRINCE, leur vrai triomphe est ton amour pour eux.

PERSONNAGES.

APOLLON, Dieu de l'Harmonie.

PAN, Dieu des Forêts, Inventeur de la Flûte.

MERCURE.

POLIMNIE, Muse de la Musique Vocale.

EUTERPE, Muse de la Musique Instrumentale.

L'OMBRE DE LULLY.

L'OMBRE DE CORELLY.

UN MELOPHILETE.

UNE MELOPHILETE.

CHOEUR DE MELOPHILETES.

SUITE d'Apollon ; les beaux Arts ; Troupe d'Eleves de la Poësie ; Troupe d'Eleves de la Musique, &c.

SUITE de Pan ; Troupe de Faunes, de Sylvains, de Dryades, de Bergers, &c.

SUITE de Polimnie. SUITE d'Euterpe, Troupe d'Amateurs de l'une & l'autre Musique.

SUITE de Lully & de Corelly, Troupe des Ombres de ceux qui ont excellé dans leur Art.

La Scene est à Paris, dans la Salle du Concert où s'assemblent les Melophiletes.

LE TRIOMPHE

DES

MELOPHILETES,

IDYLLE EN MUSIQUE.

SCENE PREMIERE.

TIMANDRE, CLARICE, *Melophiletes.*

TIMANDRE.

Quoy ! seule encore dans ces lieux ?
Le Soleil cependant a fait place aux Etoiles,
Déja la sombre nuit a déployé ses voiles ;
Qui peut donc retarder les Chants mélodieux
Qu'annonce l'appareil qui frappe ici mes yeux ?

CLARICE.

O ! charmante Harmonie !
Dans tes amans quelle froideur !
Hâte leurs pas trop lents, seconde mon ardeur ;

S'ils brûloient comme moi du feu de ton génie,
Bientôt je les verrois.....

TIMANDRE.

J'éprouve vos transports ;
Venez touchantes Voix ! délices des oreilles !
Nous faire entendre ces Accords,
Qui du plus doux des Arts expriment les merveilles ;
L'Harmonie en ces lieux vous ouvre ces tréfors.

CLARICE.

Sons enchanteurs ! Voix ravissantes !
Des tendres Rossignols, rivales triomphantes !
Venez par vos divins accens,
Enchaîner, à la fois, & nos cœurs & nos sens.

TIMANDRE.

Venez touchantes Voix ! délices des oreilles !
Du plus charmant des Arts étaler les merveilles.

CLARICE & TIMANDRE *ensemble.*

Chantons pour charmer notre ennui,
Chantons cet Art divin, celebrons sa puissance,
Quels progrès depuis sa naissance !
Que d'illustres sujets il rassemble aujourd'hui !

Par des routes sûres
Il conduit au cœur ;
De tendres blessures
L'en rendent vainqueur.

Tout cede à ſes charmes,
Nos Voix & nos Luths
Fourniſſent des armes
Au fils de Venus.

TIMANDRE.

Le moderne Amphion * lui fit un ſort ſi beau ;　　* LULLY.
Nul n'étendit ſi loin ſa Gloire & ſon Empire ;
　　Chere Clarice ! j'en ſoupire !
L'impitoyable mort dans la nuit du tombeau,
Renferme pour jamais & le Chantre & la Lyre.

CLARICE.

Ses chefs-d'œuvres, du moins, lui ſurvivent toujours ;
Ainſi que nos plaiſirs , ils ſont notre modele,
　　Timandre un ſi puiſſant ſecours,
'Aſſure à l'Harmonie une gloire immortelle.
　　* Mais quels accens ! quels doux Concerts ?
　　Se font entendre dans les airs ?

*Une Symphonie tres douce annonce l'arrivée des Muſes.

SCENE II.

POLIMNIE, EUTERPE, & *les Acteurs de la*
Scene precedente, aufquels fe joignent tous les Me-
lophiletes, Suite de Polimnie. Suite d'Euterpe.

POLIMNIE.

Reconnoissez vos Souveraines,
Vous qui fuivez nos douces Loix ;
Accourez, hâtez-vous, que le chant des Syrenes
Cede à la douceur de vos Voix.

EUTERPE.

Des Arions & des Orphées,
Celebres Rivaux,
Les fçavantes Fées
Guident vos travaux,
Vos foins pour leur gloire,
De vos Concerts nouveaux
Affurent la memoire.

DIVERTISSEMENT.

UN SUIVANT DE POLIMNIE.

Qu'une voix touchante a d'appas !
Que fans la beauté même elle fait de conquêtes !
C'eft l'ame des Feftins ; eft-il d'aimables Fêtes ?
Si la Mufique n'en eft pas ?

AUTRE

AUTRE SUIVANT, *Cantatille.*

Les Oyseaux dans nos Bocages
Celebrent leurs plaisirs par les plus doux ramages ;

Premiers Chantres de l'Univers ,
Toujours favorisés, & cependant fideles ,
De vos ardeurs mutuelles
Vous faites retentir les airs.

Par quels sons Philomele
Annonce le retour
De la saison nouvelle
Où triomphe l'Amour ?

Le Divertissement continuë.

PETIT CHŒUR.

C'est par les plus beaux Chants, qu'au maître du
Tonnerre ,
Nous offrons les vœux de la Terre.

POLIMNIE.

Des bords du sacré Vallon
Nous venons en ces lieux répandre dans vos ames ,
Ces transports , ces divines flammes ,
Que nous recevons d'Apollon.

CHŒUR.

Venez charmantes Sœurs , répandre dans nos ames
Vos transports, vos divines flammes ;
Animez nos Chansons
De vos tendres Leçons.

B

Un Suivant d'Euterpe. *Arietta.*

Ah ! que ton Art, Muse charmante !
 Offre aux tendres Amours
 D'agréables secours !
 Qu'il plaît ! qu'il enchante !
 Quel autre sert mieux
La Gloire & les Plaisirs des Dieux ?

  Autre Suivant.

   (*On entend un bruit de Guerre.*)

 La Trompette Guerriere,
 Pour courir aux hazards,
 Ouvre la Barriere
 Aux favoris de Mars ;
 Elle appelle à la Gloire,
 Elle annonce la Victoire.

  Autre Suivant.

   (*On entend un bruit de Chasse*)

 Partout des Cors bruyans
On entend les sons pénétrans ;
Ils animent la Troupe ardente
Que Diane conduit à travers les Guerets ;
 Pour faire aux Hôtes des Forêts
 Une Guerre innocente.

  DIVERTISSEMENT.

POLIMNIE.

Que votre ardeur se renouvelle ;
Sensible à vos efforts, charmé de votre zele.

Apollon va bientôt paroître dans ces lieux ;

    Quel sort pour vous ! quelle gloire suprême !

Notre Maître à vos Chants vient présider lui-même !

Et vous interessez les Muses & les Dieux !

    * Mais quel autre Dieu s'avance ?

De Flûtes , de Haut-bois , les Concerts les plus doux ,

    De Pan, sans doute, annoncent la présence ;

C'est lui-même , il paroît.....

* Un petit Concert de Flûtes annonce l'arrivée de Pan.

SCENE III.

PAN , *Dieu des Forêts , Inventeur de la Flûte ; & les Acteurs de la Scene précedente. Troupe de Faunes , de Sylvains , de Driades , de Bergers , &c.*

PAN.

Nimphes unissons-nous,

Comblons de nos faveurs des Sujets si fideles,

Répandons sur leurs Chants mille beautés nouvelles ;

Dans l'Art que j'inventai leurs étonnans progrès ,

    Ont penetré jusques dans mes Forêts.

EUTERPE.

    Souvent dans un séjour champêtre ,

    Un d'entr'eux prélude au hazard ,

    Sa Flûte m'enchante , & peut-être

    Qu'il te surpasse dans ton Art.

PAN.

Je le connois ; quels sons ! ils m'enchantent moi-même ;
Jamais lorsque SYRINX me fuyant sous les eaux,
Ne laissa dans mes bras que de tristes Roseaux ;
Eternels confidens de ma douleur extrême,
Mes amoureux sanglots, mes soupirs languissans
      N'en ont tiré de plus tendres accens.

EUTERPE. *Ariete.*

    Flûte aimable, quelle est ta gloire !
Fille d'un Dieu, ta Voix sur mille tons divers,
De ces feux à jamais celebrent la memoire ;
Tendre écho des soupirs ! ame de nos Concerts !
    Tu regnes dans les plus beaux airs,
L'Amour même, à tes sons, doit plus d'une victoire ;
    Ils sçavent peindre de nos cœurs
    Les saisissemens, les langueurs ;
    Flûte aimable, quelle est ta gloire !
L'Amour même, à tes sons, doit plus d'une victoire.

DEUX MELOPHILETES *aux Sui-*
vans de Pan.

Dryades & Sylvains, vous qui formez la Cour
    Du Dieu qu'adore l'Arcadie,
Que des plus doux Concerts, l'aimable Melodie,
Celebre ici l'honneur qu'il nous fait en ce jour.

DIVERTISSEMENT.

UN SYLVAIN.

Pour oublier l'Histoire déplorable

De ses feux autrefois par le Destin trahis,
Pan s'occupe à toucher quelque Bergere aimable,
    Et bien-tôt d'un succès favorable,
    Ses soins & ses airs sont suivis.

UN BERGER. *Ariette.*

    Souvent dans son ardeur secrette,
    Comme ce Dieu, plus d'un Berger,
    A son Haut-bois, à sa Musette,
       A dû l'heureuse défaite
D'une Philis qu'il vouloit engager.

Le Divertissement continuë.

UNE DRYADE.

    Dans nos paisibles Retraites,
    Les Danses, les Ris & les Jeux
    Inspirent les plus beaux feux,
    Et les ardeurs les plus parfaites;
       A l'ombre des Ormeaux,
       De tendres Chansonnettes,
       Au son des Chalumeaux,
       Disent nos amourettes.

Menuet en Musette.

CHŒUR DE MELOPHILETES, *joints aux*
                  Suivans de Pan.

    Dieu des Forêts ! tes nouveaux favoris
       De la Flûte que tu cheris,
       Rendront la gloire immortelle:
       Pour prix de tes bienfaits,

Puiffes-tu ne trouver jamais
De vainqueur dans ton Art, ni de Nymphe cruelle !

PAN.

Pourfuivez chers Rivaux ; loin de vous difputer
Le prix d'un Art qui me doit la naiffance,
Moi, qui fur Apollon, tentai la préference,
Je ne viens que vous écouter.
Mais quoi ? lui-même va paroître !
Au vif éclat qui frappe ici nos yeux,
On reconnoît le plus brillant des Dieux,

PETIT CHŒUR.

*Une gran-
de Sympho-
nie annon-
ce l'arrivée
d'Apollon.

Apollon va paroître,
Préparons un Concert digne de notre Maître. *

✻ ✻✻✻✻✻✻✻✻✻✻✻✻✻✻✻✻✻✻✻✻✻✻✻✻ ✻

SCENE IV.

APOLLON, & les Acteurs de la Scene précedente.
Suite d'Apollon. Les beaux Arts. Les Eleves de la
Poëfie. Les Eleves de la Mufique, &c.

APOLLON.

MORTELS, écoutez-moi !
Ce féjour déformais, objet de ma tendreffe,
M'eft auffi cher que les bords du Permeffe,
Et que le Mont fameux où je donne la Loi ;
A l'honneur de vos Chants, Apollon s'intereffe,
Le Dieu du Jour veut être votre Roi.

CHŒUR.

Quel Triomphe ! à nos Chants Apollon s'interesse !
Le Dieu du Jour veut être notre Roi !

APOLLON.

Par votre heureuse intelligence ,
L'Harmonie en tous lieux étendra sa Puissance ;
Non , jamais ses douceurs , source de mille amours ,
N'ont mieux regné que de vos jours.

Depuis qu'un PRINCE issu du plus beau Sang du monde,
De vos talens que son ardeur seconde,
Fait son étude & ses plaisirs,
Qu'il en remplit les doux loisirs
Que lui laisse une Paix profonde,
Il faut qu'à son amour votre zele réponde.

PETIT CHŒUR.

Profitons des heureux loisirs
Que lui laisse une Paix profonde ;
Cultivons à l'envi l'objet de ses plaisirs ,
Qu'à son amour notre zele réponde.

APOLLON.

Le jour viendra trop-tôt , que du sein des beaux Arts,
Dans les Combats , emporté par la Gloire,
Ce Prince, loin de vos regards,
Ira chercher Bellonne & la Victoire;
Joüissez de ses soins ; célebrez à jamais
Les faveurs d'une heureuse Paix.

EUTERPE.

Combien fous fes heureux aufpices,
Va s'accroître cet Art, dont il fait fes délices ?

EUTERPE & POLIMNIE *enfemble.*

Tout cede à la douceur de nos Chants immortels,
Vainqueurs de la trifteffe & des ennuis cruels.

(*Air.*)

Plus d'une fois nos Luths charmerent
Les noirs accès de la fureur ;
Souvent leurs tendres fons calmerent
Les tranfports violens d'un cœur,
Où regnoit le trouble & l'horreur.

POLIMNIE.

De nos Chanfons, mille oreilles favantes,
Cheriffent les beautés touchantes.

DIVERTISSEMENT.

UN ELEVE DE LA POESIE. *Cantate.*

Fille du Ciel ! doux langage des Dieux !
Tu nous ravis, tu nous enflammes !
Tranfports divins qui faififfez nos ames,
Regnez à jamais dans ces lieux ;
Fille du Ciel ! doux langage des Dieux !
Tu nous ravis, tu nous enflammes !
Mais qu'ici ta brillante Sœur,
De fes fons à ta voix, uniffe la douceur.

Le Divertiffement continuë.

UN

Un Eleve de la Musique. *Ariette.*

A ton charme invincible,
Eſt-il un cœur qui ne ſoit pas ſenſible ?
Muſique, à tes divins appas,
Eſt-il un cœur qui ne ſe rende pas ?

☙☙

Du Dieu qui préſide à la Table,
Tu rends les dons plus précieux ;
Son Empire en eſt plus durable,
Et ſon jus plus délicieux.

☙☙

De Bacchus, & de l'Amour même
Tu raſſembles tous les Plaiſirs ;
L'Amant boit, le Buveur aime,
Que manque-t-il à leurs deſirs ?

Deux Eleves de la Poesie et de la Musique
enſemble.

Aimables Sœurs ! réüniſſez vos graces,
Que leurs heureux rapports
Conduiſent ſur vos traces
Les plus beaux traits, les plus ſavans accords.

POLIMNIE. *Cantate.*

Doux lien des Mortels ! O divine Harmonie !
C'eſt toi, qui du vaſte Univers,
Soûtiens les mouvemens divers ;
Tout reconnoît ta puiſſance infinie :
Sans toi, ſans tes celeſtes Loix,

C

Dans un trifte cahos languiroit la Nature ;
Les Sauvages humains errans à l'avanture,
       Vivroient encore difperfés dans les Bois.
Doux lien des mortels ! O divine Harmonie !
       Tout reconnoît ta puiffance infinie ;
Beauté ! charme des yeux ! fouveraine des cœurs !
       Vous relevez de fon Empire,
       Vous lui devez tout ce qu'infpire
L'affemblage touchant de vos attraits vainqueurs.
Doux lien des mortels ! O divine Harmonie !
       Tout reconnoît ta puiffance infinie.

GRAND CHOEUR.

Protege, ô Dieu de la Lumiere !
Le plus charmant des Arts ;
       Tu lui dois tes plus doux regards ;
Qu'il s'étende auffi loin que ta vafte carriere !
       Que fon Empire & notre amour
Se répandent partout où tu répans le Jour.

APOLLON.

Mufes, vos Conquêtes nouvelles
Doivent vous faire des jaloux :
       Tout s'enflamme aujourd'hui pour vous ;
       Que les Chanfons les plus belles,
       Celebrent un Deftin fi doux,
D'Illuftres mortelles uniffent dans ces lieux ,
La douceur de leur Voix au pouvoir de leurs yeux.

Mais que vois-je? Venus pour chanter avec elles,
  Venus même a quitté les Cieux ?

Que sa voix, ses appas rassemblent de merveilles!
  Tant de charmes nous font douter
  Ce qu'elle sçait mieux enchanter,
  De nos yeux ou de nos oreilles?

TIMANDRE.

  Combien de cœurs doivent se rendre,
  Amour! à ces doubles attraits!
  Eh! le moyen de s'en défendre?
  Ce sont tes plus aimables traits;

  Tu soumets nos ames sans peine,
  Avec des charmes si puissans;
  Tous les plaisis forment ta chaîne,
  Tu sçais enchanter tous nos sens.

EUTERPE & POLIMNIE ensemble.

  Chantons nos Conquêtes nouvelles,
  Tout s'enflamme aujourd'hui pour nous;
  Que les Chansons les plus belles
  Celebrent un Destin si doux.

APOLLON.

Suspendez vos Concerts, Apollon vous l'ordonne.

* Petit Pré-
lude pour
Mercure.

SCENE V.

MERCURE, *& les Acteurs de la Scene précedente.*

MERCURE à *Apollon.*

LEs Enfers par ma voix ont appris tes desseins,
Ils vont executer tes ordres souverains.

APOLLON.

Je t'entens.... chers Sujets que rien ne vous étonne ;
L'Italie autrefois enfanta deux Mortels,
Pleins de mon feu divin, de mes douces yvresses,
Ils ont de l'Harmonie épuisé les richesses ;
Dignes Fils d'Apollon, partagez mes Autels !
     Trop-tôt la Parque meurtriere
     Osa terminer leur carriere ;
     Mais quand votre zele & vos soins
     Honorent si bien leur memoire,
     Il ne manque plus à leur gloire,
     Que d'en être ici les témoins.
     Sortez illustres Ombres,
     Sortez des Royaumes sombres ;
Quittez pour un instant ces Bois délicieux,
     Où par ma main vos Lyres couronnées,
     De leurs Accords melodieux,
     Charment les Ombres fortunées.

CHOEUR.

De notre zele & de nos foins ,
Venez être ici les témoins ;
Sortez illuftres Ombres,
Sortez des Royaumes fombres. *

*On entend une Symphonie qui exprime un bruit foûterrain.

SCENE VI.

L'OMBRE DE LULLY, L'OMBRE DE CORELLY,
*& les Acteurs de la Scene précedente. Troupe d'Ombres
de la Suite de Lully & de Corelly, & qui ont excellé
dans leur Art.*

APOLLON *aux Ombres,*

PAR mon ordre en ces lieux tout à coup tranfportés,
Voyez fur ce noble Theatre,
De vos heureux travaux une foule Idolâtre ;
Jugez fi dans leurs mains vos Luths reffufcités,
Sçavent en rendre les beautés ?

Aux Melophiletes.

Et vous que leur préfence anime,
Par de nouveaux efforts meritez leur eftime ,
Signalez cette ardeur , ces foins que j'ai vantés.

*Les Melophiletes executent quelques beaux
Morceaux de Lully , comme la Paffa-
caille d'Armide , &c.*

L'OMBRE DE LULLY à *Apollon*.

Arbitre de nos Chants, Pere de l'Harmonie,
  Nous obéïssons à ta Voix.
  Si nos Travaux ont autrefois
  Charmé la France & l'Italie,
Nous devons ce bonheur à ton divin Génie :
  Mais aujourd'hui plus que jamais,
'Au sort d'être immortels nos Noms doivent prétendre,
Et tu viens de combler leur gloire & tes bienfaits,
En formant les Sujets que nous venons d'entendre.

UNE OMBRE *Françoise de la Suite de Lully, après un grand air de Violon dans le goût François.*

  Soumis aux rigueurs de la Mort,
Nos Ombres, dès long-tems, ont passé l'Onde noire :
Mais nos Rivaux vainqueurs des outrages du sort,
Nous placent pour jamais au Temple de Memoire.

L'OMBRE DE CORELLY, *à celle de Lully.*

Partout avec nos Airs, leurs Noms seront chantés,
  Si de la Lyre Italienne,
Ils rendoient aussi-bien les sublimes beautés,
  Qu'ils ont rendu les douceurs de la tienne.

L'OMBRE DE LULLY.

  Quel Climat leur est étranger ?
Non, des Graces qu'enfante & l'une & l'autre Lyre,
Rien n'échape aux Sujets de cet heureux Empire,
  Ecoute, & tu vas en juger.

Les Melophiletes executent une des plus
belles Sonates de Corelly.

L'OMBRE DE CORELLY , *après un petit Prélude*
dans le goût Italien.

Ils ont embelli leur modelle ;
En prêtant à nos Airs une grace nouvelle,
C'est nous rendre encore plus qu'ils n'ont reçu de nous ;
Mais bien loin d'en être jaloux ,
Nous rentrons satisfaits dans la Nuit éternelle.

UNE OMBRE ITALIENNE *de la Suite de*
Corelly.

A l'Italia ogn'hor secondé
Fur lé bellé caste , Suoré
E fan Eco qualle spondé
A più voci , almé canoré
Che d'Orfeo l'Arté Imparar
Ma lé muse non Lacciaro
Senza Lauri il Franco stuolo
Nelle palme gl' intrecciaro
E fra , lor , scendendo a volo
Ancho il canto gli donar.
(Imitation de l'air ci-dessus)

D'Apollon , des neuf Sœurs nos Peuples favoris ,
De l'Art d'Orphée emporterent le prix ,
Mais le sort de la France , est d'être triomphante
Dans le sein même de la Paix ;
Sur l'Italie encor sa Victoire éclatante ,
De Lauriers immortels couronne ses Sujets.

SCENE VIIe & derniere.

APOLLON, PAN, LES MUSES, &c.

TROIS MELOPHILETES. *Trio.*

QUELS suffrages plus éclatans !
Mânes fameux, recevez nos hommages,
Nous ferons regner vos Ouvrages
Dans tous les lieux, dans tous les tems.

APOLLON.

Disciples assidus, sur leurs traces brillantes,
Imitez les Accords touchans,
Exprimez les graces charmantes,
Et de leurs Airs, & de leurs Chants.

PETIT CHOEUR.

Regnez à jamais sur nos ames,
Dieu des beaux Arts ! Divines Sœurs !
Dans nos Concerts, répandez vos douceurs,
Que du Dieu de Cythere ils raniment les flammes,
Dieu des beaux Arts ! Divines Sœurs !
Dans nos Concerts, répandez vos douceurs.

GRAND CHOEUR.

Triomphez divine Harmonie !
Charmez nos cœurs, tendres Accords ?
Regnez aimable Symphonie !

Remplissez

Rempliſſez vos Amans des plus heureux tranſports,
Triomphez divine Harmonie !
Triomphez à Jamais, aimable Symphonie.

FIN.

APPROBATION.

JE soussigné, Maître ès Arts en l'Université de Paris, ai lû par ordre de Monsieur le Lieutenant General de Police, un Manuscrit qui a pour Titre : *Le Triomphe des Melophiletes, Idylle en Musique. Dédiée à Son Altesse Serenissime Monseigneur le Prince de Conty,* dont on peut permettre l'impression. A Paris ce dix May mil sept cens vingt-cinq.

Signé, PASSART.

PErmis d'imprimer. Ce douziéme May mil sept cens vingt-cinq.

Signé, RAVOT D'OMBREVAL.

Registré sur le Livre de la Communauté des Libraires & Imprimeurs de Paris, No 1375, conformément aux Reglemens, & notamment à l'Arrest de la Cour du Parlement du trois Decembre 1705. A Paris ce cinq Juin mil sept cens vingt-cinq.

Signé, BRUNET, Syndic.

De l'Imprimerie de PRAULT.

www.ingramcontent.com/pod-product-compliance
Lightning Source LLC
Chambersburg PA
CBHW061617180626
46818CB00005B/2122